पंथ तड़प

कर्म वध

सुमीत कुमार

Copyright © Sumeet Kumar
All Rights Reserved.

सुमीत कुमार

सुमीत कुमार, एक वयस्क जो जीवन के कई चरणों का अनुभव करता है, एक प्रसिद्ध लेखक और नए युग के लेखक हैं। वास्तव में वह एक लेखक होने के साथ-साथ गायक, कवि, शायर, उद्धरण लेखक, गीत लेखक और एक कलाकार भी हैं। एंकर या स्टैंडअप कॉमेडियन। उनके बारे में बहुत ही रोचक और दिलचस्प तथ्य यह है कि वे नए युग के लेखक हैं यानी उन्होंने अपने लेखन की यात्रा उस उम्र में शुरू की जब

वह अध्ययन करने के लिए स्कूलों जा रहे थे। उनकी 100 पुस्तकों की स्ट्रीक महान होगी भविष्य में उनके लिए उपलब्धि, उनकी कुछ प्रसिद्ध रचनाएँ यानी प्रेम की परिपक्वता (शैली _प्रेम) स्वप्न की गोपनीयता (शैली-मध्य वर्ग की जीवन शैली)।

आप नोटियन प्रेस, अबे बुक्स, इम्युजिक इन, फ्लिपकार्ट, एमेजॉन, किंडल, इंस्टेंट रीड लाइक ईबुक, किंडल, गूगल, इंटरनेशनल साइट्स और कई अन्य से भी उनकी किताब खरीद सकते हैं।

स्पॉटिफ़ पर पॉडकास्ट: @ ब्रोकन हार्ट इंस्टा आईडी: बुकहब92
जीमेल: सुमितकुमार 88234 लिंक्डइन: सुमीत कुमार

क्रम-सूची

प्रस्तावना

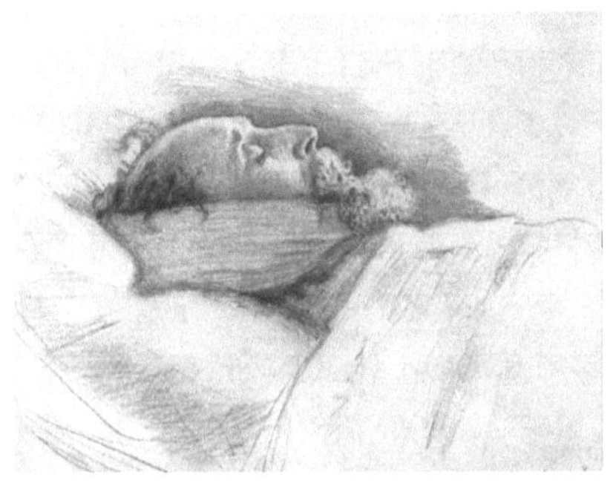

Enter Caption

घुतन देखी नहीं जाति वो भी उनकी यादों में। महरूम हो जाती है खुद की सांसियां कहीं ऐसी यादें में और ये अहसास भी नहीं रहता कि हम अपने जीने की तालाब को भी मर जा चुकी है और है। वो भी सिरफ उस एक साक्षी की हमसे अलग होने की वजह से आज कल तो किशी की बेशुमार मोहब्बत भी हमारे लिए ज़हर का काम कर जाति है। मेरी और मेरे नफ्स की कहानी भी कुछ ऐसी ही चली है है, पर मेरी सांसियों अब भी उस मार्ग की गुलाम है, उसकी कफस में खुद के वजूद को मिटाने की रंजिश कर रहे हैं, मेरी तकदीर की लिखावट भी अब उनसे फुरकात की वजाह मांग है। बहुत कौन शि दर्द की तालीम को तुमने खुद के अंदर पिन्हन कर के रखा था जिसकी वजह से आज तुमसे दूर हो चुका हूं।

. मैं समय की पहचान अगर दर्द की सिफ़रिश करने लगे तो जीने की फ़िदरत कुछ ईश कादर बदलने लगती की जहां रास्ता तो साफ दिखी देता है पर मंज़िल की खामोशी नहीं, हम हर रोज़ किशी ना मिले पर कभी नहीं, वो क्या कहते हैं, वो क्यों कहते हैं, हम तो उनमें से कभी मुकाबिल ही नहीं हो पाते हैं। दुनिया में हम हम जिस चीज के तालाब

सबसे ज्यादा होते हैं, वो खुदा हमारे अंदर से दूर हैं वो हम परेशानी ना हो, वो इसलिय की उसकी तमना अगर पूरी हो गई तो हम आपको पता को कहीं उससे हिज्र न करदे। में कहु तो में से कोई नहीं, क्यों दर्द भी मोहब्बत की तरह जिस्की कशिश से आज तक कोई नहीं बचा पाया है, क्योंकि जहां मोहब्बत सुरूरत होती है वह दर्द की बरसात तो फिर भी यहां है कभी इनसे अलग कर सकते हैं, और ना ही कभी खुद से मिला ने की रंजिश। मेरी कहानी में उश एक साक्षी की अहमियत इतनी थी की में उसके बिना रह नहीं सकता था, मेरी आदत था वो, उसके जाने से मेरी पहचान तो नहीं बदल पर मेरी कहत बदल गई, मेरी खविश बदल गई मैंने फिरत बदल गई, खुद के हलत को अहसास करना छोड़ दिया, मैं ये नहीं जनता की वो मेरी जिंदगी था ये नहीं, प्रति अब जीने की मुराद नहीं है उसके बिना, अगर कभी उससे मुकाबिल हुआ तो उसमें उससे नहीं यू रूथ कर मुझसे दूर चले जाने की, कभी मेरे बर्रे में सोचा है की मेरे क्या होगा, मैं कैसे रहूंगा तेरे बिना, तूने तो जते कहते हैं, पर किश को ख्याल रखना मेरे भाई, पर किश को फिर से एक नई जिंदगी जीने की इब्तिदा भी। खैर अगर अभी अपने हलत बता दिया तो में अपनी कहानी कभी नहीं पूरी कर देगा, इसलिय उस सफर पर ले चल रहा हूं जहां मैंने अपने जीने की तालाब को दूर कर दिया एक साक्षी की वजह से, जो मेरी पूरी जिंदगी था।

"

आजकाल
किशी से नारज़
नहीं होता
क्योंकी कुछ
लॉग आइशी
भी होटे
है
जो वक्त
की पहचान

दीखा कर
साथ छोड
देते है। ”

“ना ही
अलवीदा
केहने
कि
कोई
गुजरिश
की है
और ना ही
कोई इराडा
हाई
तुमसे दूर जाने
केए
अगर हो सके
तोह लुटे
आना
हमारी उशु
महफिल कि
चारो
देववारो में
जाहा पहले
हमरी
मुहब्बत
का ठिकाना
था| ”

सुमीत कुमार

पावती (स्वीकृति)

सुमीत कुमार

सुमीत कुमार, एक वयस्क जो जीवन के कई चरणों का अनुभव करता है, एक प्रसिद्ध लेखक और नए युग के लेखक हैं। वास्तव में वह एक लेखक होने के साथ-साथ गायक, कवि, शायर, उद्धरण लेखक, गीत लेखक और एक कलाकार भी हैं। एंकर या स्टैंडअप कॉमेडियन। उनके बारे में बहुत ही रोचक और दिलचस्प तथ्य यह है कि वे नए युग के लेखक हैं यानी उन्होंने अपने लेखन की यात्रा उस उम्र में शुरू की जब वह अध्ययन करने के लिए स्कूलों जा रहे थे। उनकी 100 पुस्तकों की स्ट्रीक महान होगी भविष्य में उनके लिए उपलब्धि, उनकी कुछ प्रसिद्ध रचनाएँ यानी प्रेम की परिपक्वता (शैली _प्रेम) स्वप्न की गोपनीयता

(शैली-मध्य वर्ग की जीवन शैली)।

आप नोटियन प्रेस, अबे बुक्स, इम्युजिक इन, फ्लिपकार्ट, एमेजॉन, किंडल, इंस्टेंट रीड लाइक ईबुक, किंडल, गूगल, इंटरनेशनल साइट्स और कई अन्य से भी उनकी किताब खरीद सकते हैं।

स्पॉटिफ़ पर पॉडकास्ट: @ ब्रोकन हार्ट इंस्टा आईडी: बुकहब92 जीमेल: सुमितकुमार 88234 लिंक्डइन: सुमीत कुमार

1

आत्मा से जिंदा लड़ो

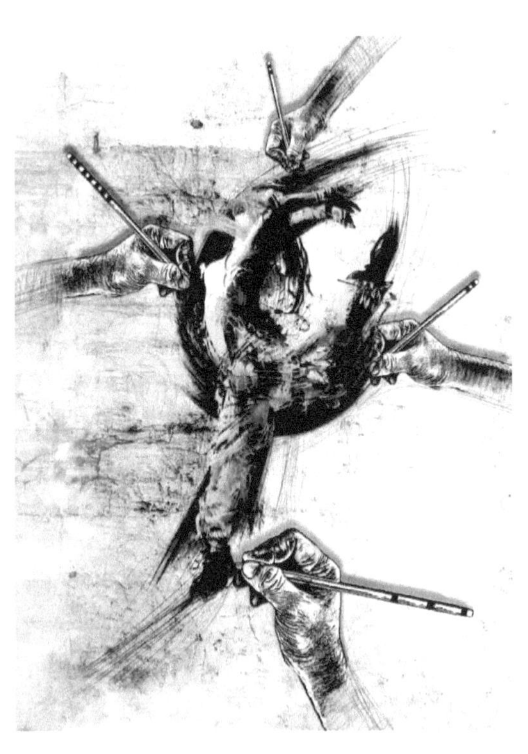

Enter Caption

कहते हैं जिंदगी जितनी छोटी हो जीने की तालाब उतनी ही लंबी होती है, प्रति अगर हम आपके जीने की तालाब को ही मर दे, तो न वो तारीख रहती है जीने का, और न ही रहत है दोनो की कहानी नहीं है, बाल्की हमारी दोस्ती की वो पहचान है जो आज भी कहीं न कहीं मेरी याद में जिंदा है, लोग तो आज जिंदा ही कह रहे हैं वो तो उनकी सिरफ बेगरात सासियों है जो उन बड़े जीने की नहीं, अगर असलियत तारीके से देखा जाए तो एक इंसान की मौत हर रोज होती है, बश उस इराडे की हम पहचान नहीं होती है, आयशा क्यूं हुआ है, ये जिंदगी हम हसीन तब लगती है जब कोई साथ निभाना वाला हो, जिसके सामने हम अपने हर दर्द की ख्वाश मीता खातिर, और अपने हर खुशी की उसे हम वजाह मन खातिर, एक इंसान चा होता है तब हम अपने है, उसे मौत तो तब होती है जब उससे कोई अपना चीन जाता है बड़ी हसीन बातें किशी ने कहिया है जरा गौर फरमाये गा..

. कुछ इसी तरह मुझे भी अपने जान की किमत तब पता चली जब उससे डर हो चुका था, आइशी कोई आरजू तो नहीं थी दर्द की उस खुदा से, प्रति जब उसकी मुराद मिली तो खुद के जीने कुछ है। था, मुझे मालूम था की उस वक्त में क्या कर रहा हूं, ये क्या करना चाहता हूं, फिर भी इब्तिदा की इनायत थी और सब की बात भी तो जहीर शि बात है कैसा नहीं करता। यह दुनिया में हर एक चीज की किमत है पर रिश्तो की किमत कोई नहीं लगा सकता है, क्योंकि वो हना तो किशी रकम से खरीदे जाति है, और ना ही किशी की कहत सेह, क्यों में ये है सिर्फ और सिर्फ मोहब्बत से, कुछ लोग आइश भी होता है हमारी जिंदगी में जिन्की कमी कोई और दशहरा कभी पुराना नहीं कर सकता, और मेरी जिंदगी वो साक्षी सिरफ एक ही था, जो भी होगा ही ना तो कोई रिश्ते तो कहीं ना कहीं टूट भी जाते हैं, पर जब वो खुदा उन रिश्तों की बनबत करता है तो उसके टूटने की कोई मुराद होती ही नहीं जिसी सिफरिश एक इंसान कभी कर खातिर। और हम दोनो का रिश्ता भी बिलकुल आयशा ही था जहां हम दो शोले फिल्म के जय और वीरू थे; जिस्की

दोस्ती से हर कोई वकिफ था, हमारे मोहल्ले की जब भी कोई बात होती तो हम दोनो भी उन में कभी कोई बात होती है। वैसा मेरा वीरू की बात कहू तो वो सिरफ मेरे दोस्त नहीं था, मेरी पूरी दुनिया था, मेरी हर खुशी की वजह था वो, मेरा भाई और मेरा पुराना संसार। जाति तो सबसे पहले वही मेरे साथ खड़ा होता था, बचपन की लिखावट से लेकर मेरी मोहब्बत की बात तक, मेरा भाई हमशा मेरे साथ था। भले ही हम एक परिवार के नहीं थे, न ही एक धर्म के थे, फिर भी वो कहते हैं न दोस्ती की ना तो कोई जाट होती है और न ही कोई धर्म, इसकी अगर जात होती भी तोह सिर में सिर होती और उनकी मोहब्बत, वैसा ही मेरे वीरू का नाम शफाक खान था जो की भले ही किशी और धर्म की तालीम से था, और में वही शुद्ध ब्राह्मण परिवार से था, जिस्के नाम की पहचान अमर चतुर्वेदी से वही होता है में उसके बिना, माफ किजिये गा पर मेरे ए; लफाज़ थोड़े गलत है, क्योंकि ये तो मेरी कहानी है नहीं |

ये तो हमारी कहानी है, मेरे और मेरे भाई शफाक की, मैं अगर कहीं गलत भी रहता और मेरे परिवार वाले उस वक्त मेरे खिलाफ रहते एक हरीफ की तरह, फि भी उस वक्त वो मेरे साथ में हूं ना तो उसके अब्बू को पसंद थी और ना ही मेरे पिता जी को, फिर भी कहते हैं ना जो रिश्ते उस खुदा की परचा में बनी है उसकी तालीम कोई नहीं मीता शक्ति, हमारी दोस्ती को ना पसंद करने के लिए समाज में चलते आ रही, की में एक ब्राह्मण और हिंदू धर्म की तालीम से संबंध था, और शफाक मुस्लिम धर्म की तालीम से संबंध करता था। दोनो को एक दसरे से लगा होना पारे, हम जो भी करते साथ में करते, काहे वो हमारे स्कूल मास्टर की साइकिल को पंचर ही करना क्यों ना हो, ये पुराने मोहल्ले में शर्मा जी की दुकान से हर वक्त में चल कर गयाब करना ही क्यों ना हो, हम हर जुर्म में साथ थे, कहे दीवाल मैं हो ये ईद, हमने के दसरे के साथ कभी नहीं छोटा, खैर ये बातें अगर अभी बता दी उस इंसान के बारे में, जो जाते जाते भी मेरी रूह खुद के साथ साथ ले गया, मेरी एक दौड़ को मैं उन वीरान गलियों में अकेला छोड़ गया जहां हम दोनो ने साथ चलने का वड़ा किया था, साथ रहने का वड़ा किया था वो भी पूरी उमर भर क्या के लिए। मुझे एक आए रास्ते में अकेला छोड़ गया जिस्की मुझे कोई पता ही नहीं है, मैं

कैसे आगे बढ़ू, कैसे खुद की तमना मुश्किल कारू वो भी तेरे बिना, अगर कभी गल्ती से वो मुझे तो कभी उससे मिला है जहां भी रहता मुझे भी अपने साथ ले चल न अकेला हो गया तेरे जाने के बाद, कुछ नहीं दीकाहे देता था बिना, तू ही तो सहारा था मेरे, हर उस गम का जो मुझे दुसरे ने दिया है। इतनी भी नरजगी ठीक नहीं है।

"किसने कहा
कि
वक्त
गुजर चुका
हाई"

"क्योंकी दर्द
की तालीम
तोह आब
भी ईश
दिल में कहि
जिंदा है (2)

और तुम बातो
कार्टे हो
उष दर्द से
दूर जाने
कि
माफ करना
की सिफ़ारीश
करुंगा
क्यूंकी मेरे
उश दर्द में
मेरा यारी

आब भी जिंदा है।"

"की वक्त कि
तलब है
तो जिंदगी
को
मार दे
ना

आगर सफर
में कोई
साथ नहीं
तोह मुशाफिर
होन कि
पेचन को
छोड दे
ना
तू बढ़ेगा
तू चलेगा
फिर भी
होने की उम्मीद
खुद की किस्मत
से जान
दे....."

2

एक दूसरे से अलग

Enter Caption

वक्त की कोई सीमा नहीं होती और इसे तो हर एक इंसान आजकल वक्फ है, और ना ही हम इसे कभी खुद कबू कर सकते हैं, क्योंकि ये तो वो रंजिश है जो कभी गम की मुराद देता है तो कभी कभी गम की मुराद देता है तो कभी कभी कहानी में वक्त की गुजारिश ही कुछ ऐसी थी की ना में उससे आखिरी वक्त मिल पाया न ही उसे बचा पाया, कहने के तो तो हम दो कभी एक दसरे से अलग होने की कोशीश भी नहीं करता था, प्रति नहीं

वह ही फन्ना हमारे साथ थी की ना कहते हुए भी वो मुझसे अलग होगा, नादामत है खुद पे की आखिरी उसे जाने दिया, क्यों आखिरी वक्त ही सही मैंने उसका हाथ क्यों नहीं थामा, इसलिए सिर्फ इतनी दोस्ती नहीं की जो तो उसके साथ तह, हर वक्त की खामोशी में, हर दिन साथ जीने की कसम थी, कौन कहता है की मोहब्बत ही एक साक्षी को फिरोग की तमना देता है, तो वह दो जनाब है। अपने पता की क्या कशिश करू, कोई ऐसी आरजू ही नहीं जो उसके बिना मेरी किस्मत में लिखी हो, कहिर ईश अधूरी कहानी की सिर्फ मेरा यार ही पता है, अब हमें हर एक तमना एक, उसे अब कर्ण कहता हुं। ये कहानी उस सेहर की है जहां ब्राह्मणों का कफिला था मेरा मतलब है ब्राह्मणों की दुनिया थी अगर सही तारीख से कही जाए तो, खैर उस दुनिया का नाम नैना-ब्राह्मण था जो की बरौली अहीर ब्लॉक के आगरा में जिला में में मेरी और शफाक की दोस्ती तब हुई जब हम साथ में स्कूल जाते थे, मेरे मतलब है अगर सही तारीख से कहीं जाए तो हम बचपन के लंगोटिये यार थे,

हमने वक्त की वो रंजिश भी देखती थी साथ में जहां में टूट गया था और उसे मुझसे हर वक्त संभला था, हमारे बचपन की कुछ ऐसी भी याद है जो मैं जहां करना चाहता हूं, कोई चीज नहीं लेकर जाता था में क्योंकि हमरे परिवार सब ब्राह्मण थे, मेरा मतलब है मान से भी और साड़ी से भी, पर मेरी कोई ऐसी तमना नहीं थी, मैं ना तो अपने पिता की थाह, बनाना चाहता हूं कोई तालाब थी, मेरे घर की चार दिवारो में एक आइशी खविश थी की पंडित को बागबान की आस्था किया बिना खाना नहीं खाना चाइए, क्योंकि ये गलत है, और हमारे पूर्वज भी यही तो आए हैं तो ये पुरवाज़ कौन है हमारे में आज तक नहीं समाज पाया, हैं जब हम अपने इतने को याद नहीं करते हैं न ही उसके बारे में सोचते हैं, तो हमारे पूर्वज की बातें को इतनी एहिमायत क्यों करते हैं हम नज़रंदाज़ करदे प्रति फिर जो सही है उसे तालीम परेशानी करे, और जो गलत है कृपा कर के हम उससे दूर रहे, और यही बात थी जिसके कारण से हर रोज भुला जाता था, क्योंकि मेरे घर हमारे पिता जी बैग भांसे सबसे पहले और उसके चक्कर में, हमारे विद्यालय का वक्त भी हो जाता, इसलिये न कहते हुए भी मुझे बिना खाना कहे ही जाना भागा, प्रति मेरी एक जान ने मेरी मदद हमा

की, शफाक ने, वो ये असली से बहुत ज्यादा सुध ब्राह्मण परिवार से था, और मेरे घर में बिना भागबान की आस्था किया बिना कुछ खाने को नहीं मिला था, इसलिये वो खुद के घर से मेरे लिया अलग से खाना बनाना कर लता था वो भी अपने हाथ से क्यों वो शफ़ाक़ को जन्म देते ही मर गई थी इसलिये उसे अपना पुराना बचपन अपने अब्बू के सहेरे ही बिटया था, दर्द की तालीम तो उसने तो केई झेलती थी, और सैयद मुझसे ज्यादा ही, क्योंकि मेरे दर्द इतनी इनायत ही नहीं थी, दर्द को किसके लिए जो आपकी खामोशी किशी को बताता था और न ही अपने हलत कभी किशी के सामने जहीर करता था, उसे एक बात मुझे हम याद आता है की, वो कहता था कि दर्द की तालीम ही कोई लिखा है किस्मत के सहे आती है, इसलिये ना तो हम ईश चीज की सिफरिश फन्ना से करनी चाइए और न ही किशी खामोशी सेह, अगर हर जग दुनिया में सिरफ शाद की परचाई हो, तो हम खराब होंगे के साथ उस शाद को अपना पायेंगे, वो कहते हैं ना हम अपने सारे रिश्तों को भूल सकते हैं वक्त के साथ, पर दोस्ती वो चीज है जो इन सब से ऊपर है, ये गलत भी हो सकता है महसूश कर सकता हूं, क्योंकि मैंने ये खुद के चश्मे से देखा है, खैर वो आहर रोज ये कर्ता पहले मेरे लिया खाना बनाना फिर खुद के लिए, अगर मेरी बचपन में किशी से लड़ी भी हो जाती ये में कोई गलतियां कर देता, तब भू स्की जग वो खुद लेटा में हमसे के लिए शफाक तो बड़े प्यार से हस कर ये कहता की तू मेरे यार नहीं तू मेरे भाई है, जो खुशी, जो प्यार में अपने से कहता था वो मुझे उस परचाई में मिली थी, अच्छा लगता है और उस को उसके सामने जहीर करना, क्योंकि मेरे हर दर्द की खामोशी वो मुझसे पहले ही समाज जाता था, और बिना कोई सवाल पूछे, की ये कैसा हुआ, और क्यों हुआ, बश हर वक्त है ये रेलगाड़ी है जो कभी ईश पत्र पे तो कभी उस पत्री पर चलती है। और भाई बोल कर गले लगा लेता था, आस्युन अगर गल्ती से दिख भी जाते तो उसके सामने आते ही ये अपना रास्ता बदल देते हैं, असलियत में मैं था, बाल्की वो मेरी पूरी जिंदगी था, जिशे ना तो में खुद से अलग करने की रिवायत कर

वह शक्ति था, न ही कभी गुजरिश। बचपन की बात में हम बड़े कब हो गए ये पता ही नहीं चला, हमने कितने साल साथ में बिटे इसकी कोई

हम खबर भी नहीं थी, क्योंकि वो कहते हैं तो सच है कोई सिफ़रिश नहीं करनी चाय .कहते है हर रिश्ते की एक लिखावट होती है जो वक़्त रहते मिट भी सकती है, अगर हम उसे अच्छी तरीक़े से संभल न खातिर, गहन कितनी भी इतनी क्यों ना कभी जानेंगे, में ये क्यों कह रहा हूं इसकी भी एक वजह है, क्योंकि मुझे याद जब वो मुझे बुलाने मंदिर में आया था, और मेरे पिता ने उसे ये कह कर वहां से भगने को हरि कहा है। हमसे, तुम्हारी पहचान अलग है हमसे, और फन्ना की बात ये थी कि उसमें उस वक्त उसके साथ नहीं था, उस दिन क्या हुआ उसके बारे में मुझे कुछ खबर नहीं थी, इतना पता था की मैंने हमें कुछ बताया था। जब घर आया और उनसे मैंने पूछा की आयशा क्यों किया अपने, क्या जरूरी थी की, एक वही तो है जो मेरी हर मुश्किल में साथ खड़ा रहता है, आप ये अच्छी तरह से जनता हो की मेरी किशी से नहीं बंटी, और पापा आप ब्राह्मण हो और ये बात अच्छी तरह से जनता की हो, ग्रंथ से तो कोई जान सकता, और ना ही कोई समाज सकता। मैं अभी चुप रहो और मेरे सामने अपनी आवाज थोड़ी धीमी करो, हम तुम्हारे पिता है, हम तुम्हारी भलाई अच्छी तरह से जनता है कि किसमे है, और किसके साथ है, और हमें तुम्हारे धर्म के आयशा क्या है। यह माफ करना की में ये बात बापके सामने कह रहा हूं, पर असलियत में कहु तो आप भले ही बहबान की आस्था में कुछ नहीं रहते हैं, उनकी बातें समझौता हो और सब को समझते हैं , की में क्या सोचता हूं, और मेरे घालत कैसा है, में हर रोज कितनी सारी मुश्किलों से गुजरा हूं, में क्या कहता हूं, लोग तो कहते हैं आप बहुत बड़े ज्ञानी हो, आप सब का दर्द इस बेटे के दर्द से आप के वंचित रह गए, और आपको मेरा दर्द क्यों नहीं देखा, जिश दर्द को मेरे 18 सालो से अच्छा आ रहा हूं क्या आपने उस दर्द को देखा है तो क्या है मेरे सिर्फ दोस्त नहीं है मेरा भाई है, भले ही कोई खून का रिश्ता नहीं उससे, फिर भी एक कहता है कि वो मेरा अपना है, और जो असल में मेरे अपने हैं, कभी मेरे दर्द की पहचान ही , मैं भी तुम्हारा ही खून हूं, मुझमें भी आपके पूर्वजो का ही खून है, और में भी मैं उन अनुदानों को जनता हूं, पर उन अनुदानों में मैंने कहीं ये नहीं सुना ये ये नहीं पढ़ा की आप दसरे धर्मो से को रिश्ता नहीं रख सकते हैं |

, बागबान, वाहेगुरु सब एक है, तो फिर ये कैसी सीमा है जो खुद के अपने से हम दूर रखती है, वो अलग नहीं है मुझसे, बश बहुत इतना है कि मेरा तुम्हारा खून जैसा हूं में और में हूं। सब के बाद कुछ खास बातें नहीं हुई हमारे बीच, न ही कोई तालाब थी मेरी उन्हे कुछ समझने की, में बश उस वक्त ये सोच रहा था, कि शफाक क्या होगा, किश हलत में था मेरे ये सब कहने के बाद उसकी क्या हलत हुई होगी, कहीं वो इस्के वजाह से मुझसे डर ना हो जाए, मैं उस वक्त असलियत में डर चुका था, की वो कहीं मुझसे से डर गया था गया, पर वो वो भी नहीं था, फिर मैंने वो भी गया जकाहा हम दोनो रोज मिलते थे, पर वो वो भी नहीं था, मैंने सब से पुचा की क्या तुमने शफाक को देखा है, में उसके अब भी पास वो पास भी भी नहीं था, उसके अबू ने मुझसे इतना ही कहा की, वो किशी काम से बहार गया है, पर कहा गया है ये नहीं बताया, अमर कुछ बात है क्या, क्या तुम दोनो की लड़ी हुई है, क्या जवाब देता उन की क्या हुआ है, क्योंकि वो जीता मुझसे प्यार करता था, उस ही नफरत वो मेरे पिता से करता था, और अगर बताता है वो सच में फन्ना की एक महफिल बन जाति क्यों, उन दो धर्मों में वो एक दसरे की कौम ये मोहल्ले में कोई नहीं जानता था, पर हम एन बातें अभी नहीं मानता थे, और अगर मन्ते भी तो में खुद को संभल नहीं सकता था, मुझसे उसकी जरूरत थी, इस्ली बेचानी कुछ ज्यादा ही बढ़ गई थी, मैंने उस सब जग धुंधा पर वो कहीं नहीं मिला, उस वक्त ये महानुश हो गया था ये हमारी दोस्ती की आखिरी रेलगाड़ी थी, क्यू वो मुझसे कभी नहीं मिलेगा। मैं उस वक्त कफी परशान था की वो है क्या, में जोड़े जोड़े से चिल्ला रहा था सब के सामने की शफक, मैंने कभी नहीं होगा। लिए फिर भी वो मुझे कहीं नहीं दिखा, उसे तलाश करते करते पूरी रात हो गई थी, प्रति उसमें कोई खबर नहीं मिली, मैं अपनी उम्मीद हर चुका था, में अपनी जिंदगी हर चूका था उस वक्त, मुझे किशी की बातें समाज ही नहीं आ रही थी, मुझे बस मेरे था और कोई नहीं। दिन आपके उम्मेद आप से दूर हो जाती है लक्ष्य उसी दिन आपके सामने होता है, और ये तब

सच हुई जब मैंने उसे खुद की आंखों के सामने देखा, उसी जगह पर जहां हमारा बचपन बीता था, क्योंकि वो आखिरी सफर था हमारी

पूरी जिंदगी का जहां कहीं है सारी हमारे दोस्ती थी की, मेरे लिए बड़ा जोड़ी हुआ करता था, और लोग ये कहते थे की अगर आपका मन सच्चा हो, और आप कुछ आम तो आपकी मुराद पूरी जरूर होगी, इसलिये में वह गया था, की काश इसी ई सच्चे भाई ही सही मेरा मिल जाए, और आखिरी कर वो मुझे वह दिखा पर किशी और के साथ, मेरा मतलब है मेरी मोहब्बत से, कृतिका, में बचपन से उससे प्यार करता था, और शफाक ये बात बहुत अच्छी तरह से में वो बात कर रहे थे, वो तारीका मुझे कुछ ठीक नहीं लगा, इस्लिए में वह जाना तो कहता था, पर मेरे दिल की ये सिफरीश नहीं थी, इस्लिए में उनसे थोड़ा खड़ा होकर सुन हैं। उस वक्त जब उनकी बातें सुनी तो मुझे लगा की में कितना नीचे हूं जो उस दोस्त को हरीफ मन रहा है जिसे मैंने सिर्फ खुश रखने के लिए अपनी मोहब्बत तक को कुर्बान कर दिया है, फिर भी को की कृतिका ने मुझसे कभी प्यार किया ही नहीं था, क्योंकि वो बचपन से शफाक को कहती थी, और ये बातें उस दिन मैंने अपने कानो से साफ साफ सुनी थी। दसरे की दुनिया में उसे तालाब भर देते हैं, उस दिन शफाक ने भी ये किया, उसने मेरे लिए अपनी खुद की मोहब्बत को खुद से दूर करने का इरदा कर लिया था।

"

कुछ इराडा
नही
हाई
बाश कहतो
की सिफ़ारीश
की है

अगर हक
में है
तोह उन्हे
लुटा
करना

खर्ना
मार्ग कि
कहत तोह
अब भी
है| ”

“

अपने
हलात ईशो
कादर नहीं
बाटा शक्ता
तुम्हे
की मीन
खुदो
से नज़र
ना मिला
सकुन
प्रति अगर
तुम्हारी
कोई तमन्ना
हाई
कुछ
कहने की
तो
केह दो
क्यूंकि
मुख्य
खुद की
खवीशी

भी मारो
शाक्त हूण
तुम्हारे लिए”

3

सुकून

Enter Caption

कहते हैं मोहब्बत में कोई इरदा नहीं होता, बश दो दिलों की ख्वाइश होती है अपने हमदम से, ये तो उस वक्त किशी और की सुनता है और न ही किशी और की ख्वाश करता है पाने की इसमें तो मैं ही तो हूं सारी मुराद पूरी करता है, अगर हम किशी को खुद से अलग कर रहे हैं तो इसका

मतलब ये नहीं की हमने बेवफाई की है, क्योंकि असलियत तारीक से मोहब्बत उसे ही कहते हैं, खैर ये दोनो ही मोहब्बत है लिए, क्योंकी ये तो दोस्ती की वो इनायत थी जिशे न तो में कभी भूल पाउंगा, और ना ही कभी खुद से अलग कर दूंगा, उस दिन जब शफाक की बातें कुछ क्या इश कादर मेरे सेहरे की चुका थी में क्या झेला है वो भी अपने अतीत में, मेरी हर एक तमना, मेरी हर एक आरजू सब मिट छुकी थी, उस दिन में अपनी मोहब्बत को हर चूका था पर अपनी दोस्ती को जीत चुका था, क्यों तुम्हें कभी प्यार करते ही नहीं था, वो तो अमर है जो तुम्हारी हर एक ए किसी को खुद की मोहब्बत मानता है, तुम्हारे बारे में हर वक्त बताता है, हर वक्त खुद से ज्यादा तुम्हारी परवाह करता है, बचपन से लेकर आजतक ना तो कभी किसी को देखा है, कोई उसे कभी नहीं देखता है।

वो खुद की जिंदगी में इतना अकेला है इतना तन्हा है जिस्की खामोशी ना तो में कभी समाज मिलेगा न ही समाधान की कोशीश कर मिलेगा, तुम्हें पता मोहब्बत जब एक तर्फा हो ना तो उसे याद करता है सबसे, बहुत है की तुमने मोहब्बत की है मुझसे पर मेरा आयशा कोई इरदा नहीं है, न ही मैंने तुम्हें कभी उस नजर से देखा है, मुझे माफ करना पर में अब तुम्हारे रास्ते में कभी नहीं आएगा, कोई तो है धुकाने का, वो सिरफ दोस्त नहीं है मेरी पूरी जिंदगी है, अगर वो कल होकर मुझसे अलग भी हो गया तब भी मैं हमें उसके पीछे ही रहूंगा, हमे उसके साथ ही रहूंगा, जो आएंगे उसके बन जाएंगे मैंने बचपन में कफी कुछ खोया है, प्रति जब भी अतीत में पीछे मुरर कर देखता हूं तो आयशा कभी नहीं लगता की वो यादें जो मुझसे हर वक्त खामोश कर देती थी, वो अब भी मेरे साथ में है , पता है क्यूं उसे एक ही ए वजाह है मेरे भाई अमर सिरफ और सिरफ अमर है। मेरे दिन उनकी बातें सुन के बाद में खुद की ही नजरो में गिर गया था, मुझसे खुद से ही नफरत होने लगी थी की में क्या सोच रहा था उनके बारे में, जिस इंसान ने मेरी हर एक मुझे खो दिया था हर वक्त शाद रहने की वजह दी है, मैं उस पर ही सच कर रहा था, हलत नहीं द उस दिन कुछ समझने के, और कैसे नजर मिलाता में उनसे जो एक दसरे की मोहब्बत में बहुत ही ज्यादा था वक्त कुछ समाज ही नहीं आ रहा था में क्या करू? कैसे बतायें उन्हे की तुम दो कभी गलत थे ही नहीं,

गलत तो मैं हूं, मेरे हालात है

मैं हर एक ख़्वाब है जो मैंने तुम्हारे लिए देखा था, अफसो कर रहा था खुद की नज़रो पर की मैंने उसे ही अपना सब कुछ क्यूं माना, उसे ही अपनी मोहब्बत की तालीम क्यूं दी जो मेरी कभी में क्योंकि उसकी मोहब्बत तो कोई और थी ना, हा पर कहीं न कहीं नराज भी था की उन दोनो ने कभी ये जहीर ही नहीं किया की वो एक दसरे से कितनी मोहब्बत करते हैं। मैंने बचपन से शफाक को देखा है, वो ना तो अपनी बातो में किशी को बताता था न ही अपने दर्द को कभी किसी के सामने जाहिर करता था, पर ये खुशी की बात थी उसे मुझे क्या कभी बताया मोहब्बत को मर चुका था, बहुत एक इंसान इतने दर्द खुद के अंदर काश झेल सकता है। बस यही बातें सोच ही रहा था में की शफाक ने मुझे देख लिया और उसके बाद जो कभी भी हुआ काबिल था ही नहीं |

शफाक : अरे तू कब आया अमर मैंने तुझे देखा ही नहीं, देख कृतिका तुझसे कुछ बोलना चाहिए, और मुझे जब से ये कहकर परशान कर रखा है की अमर कब आएगा।

(ये बातें वो इस्लिये बोल रहा था क्योंकि उसे पता था की में वही ये धुंडने आयंगा)।

शफाक : तू कुछ बोल क्यों नहीं रहा कृतिका तुझसे कुछ कह रही है, कृतिका बोलो ना।

कृतिकाः कैसे हो अमर, कफी दिनो बाद मिल रहे हो... अमर

अमरः हा "माफ करना तुमने कुछ कहा, वो मुझे माफ करना में कुछ और सोच रहा था।

शफाक : कृतिका अभी प्लीज कुछ मत बोलना अमर को हमारे बारे में।

कृतिका : अमर मुझे तुम से कुछ कहना है, हा बोलो ना। में बहुत पहले से ये बात कहना चाहता था पर उस वक्त मुझे ये बाते समाज नहीं आ रही थी की में कैसा कहू...तो में ये कहना चाहता हूं की

शफाक : अभी रहने देते हैं कृतिका कफी शाम हो गई हम कल मिल कर बातें करेंगे...

मैट बोलो प्लीज अमर के सामने कुछ भी मत बोलो (धीमी आवाज में)।
वो दोनो एक दसरे से बातें करते हैं वह कर रहे थे कि मैंने बहुत वो बात

बोल ही दी जिशे मैंने कफी डेर अपने मन छुपे रखा था।

मुझे पता था की कृतिका क्या बोलने वाली है, क्या इरदा है उसका प्रति में तब भी इंतजार इसलिये कर रहा था क्योंकि मुझे उसे मुराद जान नी थी, की वो क्या कहती है, मुझे पता होता है उसे भी जान भी था।

पर उसे कुछ नहीं बोला, क्योंकि जो मोहब्बत उन लोगों की थी सैयद में कभी नहीं कर सकता, कुर्बानिया मोहब्बत की वो बनाबत है जो हर किशी की तालीम नहीं होती, कुछ काम ही लोग होते हैं जो उन अपना।

की ना तो शफाक कभी मुझे कुछ बोलेगा, और ने ही कृतिका कुछ बोलेगी, इसलिये मैंने ही सब कुछ कहा दिया की मुझे किशी से मोहब्बत है |

"

दर्द

की तालीम

डेकर भी

मुहब्बत सिख

गया

इंसान की

फ़िदरत

में भी

खुदा

की पहचान

बता गया

की अखिरी

अब किशी

चीज़ की

गुजरिश

करू में

उससे

वो तोह

मार्टें

मार्टें

भी मुझे

जीना

सिख गया।

"

अमर : इस से पहले तुम दोनो कुछ बोलो में कुछ बोलना चाहता हूं, मुझसे किशी से प्यार है, और में उसे कॉफी पसंद करता हूं, मतलब बचपन से पसंद करता हूं, प्रति हिम्मत ही नहीं हुई बताता हूं।

शफाक : यार तुने मुझसे भी चिपाया, में तो तेरे बचपन का दोस्त हुं ना, तू मुझे तो बता सकता था, तुन्ने मुझसे चिपकाया कैसा यार। अमरः हैं पगलु मेरी बात तो सुन, मुझे तो खुद नहीं पता की वो मुझसे प्यार करता है भी ये नहीं, तो में तुझसे बताता। एन सब बातें के बीच कृतिका कफी चुप थी, क्योंकि उसे ये लगा रहा था की में उसे ही बातें एकर रहा हूं।

शफाक : वैसा ही सब छोड कौन है वो तो बताता है, काम से काम है, मुझे भी मिलना है। अमरः हा हा सब बताता हूं, मुझे पहले कुछ हड्डी तो दो, उसका नाम वैसा ही माहिरा है।

शफाक : वो हमारे अंग्रेजी शिक्षक की बेटी, आयशा कब हुआ, वैसा ही देखने में तो बहुत अच्छी लगती है, और तू मुझे अब बता रहा है चुपा रुस्तम कहिका, चल जलदी से छोले कुलचे खिलाड़ी इसी बात . कृतिकाः हा क्यूं नहीं में भी चलूंगी, वैसे बधाई आपको सपनों की रानी मिल गई|

अमरः हाँ धन्यवाद यार, ठीक कर मिल ही गई मुझे मेरे सपनों की रानी। उस वक्त में सिरफ अपनी मोहब्बत से अलग नहीं था, बाल्की में खुद से अलग हो चुका था, प्रति ईश बात की कोई खैरत नहीं थी, न ही कोई गम था, क्योंकि अगर में उस वक्त ये मैं अभी नहीं आता तो फिर से करता हूं खुद की नजर नहीं मिला पाता, दिल तो बहुत पहले ही टूट चूका

बश ये आरजू उस वक्त सुरु हुई जब वो किशी और के उनसे में गई |

अफ्सोस कर्ता भी थी किश बात पर की वो मुझसे नहीं शफाक से प्यार करता है, और अपनी मोहब्बत के लिए लता भी तो किस लदता, उस दोस्त से जिस मेरा हर वक्त साथ साथ दिया में हर पास से पास में हैं निकला, कोई हक नहीं था मुझे उस वक्त की में किशी की मोहब्बत उनसे डर करू, और वो दोनो ही तो मेरी जिंदगी थे, अगर उन ही खुद से अलग कर देता तो ये सस्सेओं किश नाम में रहता है। इसलिये जाने दिया, कुछ नहीं कहना चाहता था उसके बाद में, अगर मेरे एक जुठ बोले पर अगर किशी की खुशियां सलामत है तो मैं कौन होता हूं जो उनसे दूर करू, और वो मेरे परये नहीं। प्रति उस वक्त सयाद उन्हे मेरी ही नज़र लग गई थी, क्योंकि जब हम वह से वापस जा रहे थे, तो हमारे मोहल्ले में दंगे सुरु हो गए थे, लोग ए दसरे को मर रहे थे, मुस्लिमो हिंदू कि उस वक्त ऐशी लड़ाई हो रही थी की इंसान भूल ही चुके थे की वो है क्या, हर जग बश तंदब चल रहा था हवानियात का, बच्चे रो रहे थे सदको पर, पुराना मोहल्ला संस्थान, अह इत एक गुसे में थे की उन्होन मंदिर मस्जिद तक भी नहीं छोडे। और एन हलतो में मुझे कुछ समाज नहीं आ रहा था की में क्या करू इसलिये उस वक्त शफाक ने बोला की हुं तू कृतिका में एक घर दे जाकर एक घर दे गया से जाना संभल कर, नहीं में नहीं जाउंगा तू भी चल हमारे साथ, मैं तुझे अकेला नहीं छोड़ूंगा, तू भी चल मेरे साथ, बात मान मेरी जाने हमारा मोहल्ले है में सब को सम्भल हूं। प्रति अभी तेरे ये रहना खतरे से खाली नहीं, प्लीज

हो चला जा यार, तुझे कुछ अगर हो गया तो मैं खुद को नहीं संभल पाउंगा, और अगर तुझे कुछ होगा शफाक तोफ में कैसा रह पाएगा यार, एक काम कर तुम दोनो निकल जाओ, में कुछ नहीं करूंगा मैं कसम है अमर तू याहा से अभी के अभी जाएगा, जब हलत थिक हो जाएगा तो में आयतुंगा तुझसे मिलने पर अभी जलदी से मंदिर की तरफ, वह कोई खतरा नहीं है, नहीं शफाक में तुम्हें चाहता हूं आपके साथ, नहीं जा सकता में, में अपने अब्बू को छोडकर कहीं नहीं जा सकता, पर तुम दोनो ये से जल्दी निकलो, जाओ जल्दी जाओ, अमर सुन में तेरे साथ हमेशा हूं, ख्याल हा में तुझसे बहुत प्यार करते हैं मेरे भाई, और कृतिका जिंदगी

भर साथ रहना, अब जाओ जल्दी जाओ। एन सब के बाद में और कृतिका व्हा से निकल गए, पर में जाते जाते भी ये बातें भूल नहीं पा रहा था की उसे बहुत आयशा कहा क्यूं, की तू ख्याल रखना, मैं हम कभी तेरे साथ इस पर ही नहीं करता था, और उसे कृतिका को ये क्यों बोला की जिंदगी भर साथ रहना, कहीं वो कोई खतरों में तो नहीं, मैं उस वक्त सच में बहुत डर चुका था, कुछ हो गया था सही सलामत उसके घर छोड़ दिया, और में शफाक के मोहल्ले की तरफ भाग, में उसकी तरफ भाग ही रहा था, एक हडसा हो गया, मुस्लिम कौम के जितने भी लोग थे, मुझसे मिलने की वो कैसा भी निकल गया, पर में से निकला ही था की मेरे सेर पर किशी ने इतने जोड़ से मारा की में भी प्रति बेहोश होकर गिर गया था, इसके बाद क्या हुआ, मुझे कुछ कुछ खबर नहीं थी, आपने जब घर में था, और उस वक्त सब मेरे साथ ये तक की कृतिका भी, प्रति शफाक नहीं थाई, मैंने कृतिका से पुचा की शफाक कहा है, प्रति उसे उस वक्त कुछ नहीं कहा, सब पता नहीं प्रति क्यों खामोश थे,

कोई कुछ मुझसे कह रहा था, मैंने सब से पुचा की शफाक कहा है, वो ठीक तो है, और आप लोग आए चुप क्यों हो, उसे मुझे बोला था की मैं अगली सबह तुझे मिलेगा, आप तो कुछ बोलो कहा है शफाक, कृतिका तुम्हें उसे कुछ बोला, कुछ तो बोलो क्या हुआ है। जिश साक्षी की तलाश में उन मुर्दे के सामने कर रहा था, मुझे ये खबर भी नहीं थी कि वो आब मेरे साथ है भी ये नहीं, मैंने सब से पुचा प्रति किशी ने ये जावब नहीं है, जो बाद सही किशी ने कुछ बोला था की कल सयाद उस मोहल्ले में कोई नहीं बचा है, सब की घर तक जला दिए गए हैं, तो कोई उम्मेद भी नहीं की कोई वह प्रति जिंदा होगा। में ये सब सुन कर सबसे पहले शफाक के घर की तरफ भाग, सब ने मुझे रौक्ने की कफी कोशिश की पर मेरा मन नहीं मन रहा था, मुझसे बाश ये बात पता करनी थी काश वो कभी भी छोड़ कर नहीं जाएगा, और वो अपना वादा कभी तोडेगा, इसलिये में बिना कुछ सोचे नंगे पाउ शफाक की घर की तरफ भाग, प्रति जब वह पौचा तो सब कुछ कुछ जाल कर , में फिर भी उसे उश जगाह प्रति धंधा रहा, प्रति व्हा प्रति सिरफ मुर्दे सरर ही नजर आ रहे थे लोगों के बच्चों के औरतो के, प्रति वो मुझे कहीं नहीं मिला, मैंने उसके बाद कहीं उसे देखा,

कभी भी उसके बाद कहीं उसे देखा नहीं दीखा, मेरे आंख में आसुं तो आ रहे थे, पर क्यों जहीर करु ये नहीं समाज आ रहा था, सब कह रहे थे कि क्या कहा अब वो दुनिया में नहीं है, वो कल के दूंगा में मर को तय नहीं था, इसलिये में उसे धुंड था रहा, फिर भी उसे कोई खबर नहीं मिली, ये तलाश करते हुए पूरे एक महान बीट गए थे फिर भी वो मुझे नहीं मिला, पर मुझे भरोसा था की वो जल्द आएगा, शफाक क्योंकी शफाक अपना भरोसा कभी नहीं तोड़ता। गुजरिश........

"खामोशी
है आंखो
मेरी
तेरे जाने
की वजह से
आब कोई आरज़ू
नहीं है
मेरी
तेरी याद
की वजह से
और लोगग
कहते हैं
की में बदली
चुका हू
तेरे जाने की
वजह से."

"

हालात आब
ठीक नहीं
हाई
मात्र

ये कैसी
बटायूं
तुझे
कुछ दिन कि
खुशियां तोह
दीखी थी
मेरे आगन में
तेरी वजह से
प्रति तेरे जाने
के बाद वो
भी दुर
हो गई
मेरी
आदत से...”